먼저 지나온 내가 너에게 꼭 해주고픈 말

김민서

경남 하동에서 태어나 전남 광양에서 살아가고 있다. 작은 것들에 감사하며, 매일 삶을 배우며 살고 있다.
오르막과 내리막을 겪으며 하늘이 무너질 것 같을 때에도 꿋꿋이 버텼다. 살아가는 것 자체로 충분히 아름답다는 것을 전하고자 하는 마음으로 『가볍게 살아도 나쁠 건 없더라』에 이어 이번 작품을 펴냈다.

'기쁜 것도 슬픈 것도 힘든 것도 멈추지 않는 건 없더라.'
- 멈추지 않는 건 없더라 중에서

작가 홈페이지

삶의 순간들에서 전하는 다정한 위로의 말들

먼저 지나온 내가 너에게
꼭 해주고픈 말

김민서 시집

시인의 말

살면서 누구나 오르막 내리막을 겪는다.

나 또한 예외일 수는 없다. 그리고 이 시대를 살아가는 우리 모두가 겪는 것이다. 살면서 한 번쯤 하늘이 무너질 것처럼 지치고 힘든 것은 누구나 마찬가지일 것이다. 때론 비 오고 때론 바람 불고 때론 목 마르게 뜨겁고, 낮이었다가 밤이었다가 해를 품었다가 달을 품으면서 하늘은 언제나 우리와 함께 존재하고 있다. 그리고 그 아래 우리가 산다.

어찌 살아가야 하나 고심에 젖어 발을 동동 구를 때도 있고, 그러면서 하늘의 무심함도 느꼈다가, 행복에 겨워 눈물 날 정도로 기쁘고, 살아가는 이 일상이 너무나 감사할 때도 있다. 그러나, 자연의 섭리인 하늘은 결코 무너지지 않는다. 그 모든 것을 겪으면서도 꿋꿋이 견디는 것은 하늘이기 때문이다. 우리 인생도 그러하다. 해 뜨고 비 오고 바람 부는 것을 반복하면서 주워진 인생이기에 그냥 맞서고 받아들이는 것이다. 그리고 또 성장하고 강해지는 것이다.

이 글들은 용기와 희망으로 주저리주저리 완성되었다. 때론 부모의 마음으로, 때론 형제의 마음으로, 때론 자녀의 마음으로, 때론 벗의 마음으로, 때론 연인의 마음이 되어 안식을 선물하고 싶은 내 작은 갈망이다.

바라지 않아도 늘 나와 동행하는 인생
언제부터인지 알 수는 없지만 처음부터 함께했던 하늘
비교하자면 참 비슷한 게 많은 것 같다.
맑음, 비, 눈, 바람, 구름, 해, 달, 낮, 밤

우리는 그냥 이 모든 것들에 감사하고 받아들이며, 살아가는 것에 충분히 아름답다고 여겨진다.

홀로 마주한 고요, 삶의 무게를 담다

마음 깊은 곳에서 만난 나

새벽이 지나면 따스한 햇살이

고독

홀로 마주한 고요,
삶의 무게를 담다

너 참 애썼어

오늘 하루 어땠니
매우 힘들지는 않았어?

하루는 똑같이 시작되지만
매일매일이 다른 나날들

가슴 벅차고
기쁜 날도 있다면

세상 짐
모두 내 등에 있는 듯
무척이나 힘든 날도 있지

작은 말 한마디에
큰 감동한 날도 있지만

손톱 밑에 가시처럼
아리고 눈물 난 적도 있고

모든 것이 내 탓인 듯
시린 적도 있을 거야

그러면 좀 어때

그게 살아내는 일인데
그게 살아가는 것인데

그래
오늘도 너 참 애썼어

벼 랑
　　　끝

벼랑 끝에서
몸부림쳐 봤니

기로에 서서
끝이 안 보이는
외줄 타기를 하면서
그 두려움을 받아들이며

붙잡아야 하는 건지
놓아야 하는 건지
고심하면서

정리되지 않는 것들을
고스란히 가슴에 남겨둔 채

한 가닥의 희망을 꿈꾸는
그 슬픈 황홀감을
너는 느껴본 적 있니

3월

봄꽃이
예쁜 모습하고
여기저기 피어올랐다

온몸으로
3월을 맞이하려는데

살갗을 매섭게 때리며
바람이 덤벼든다

모질게 흔들어도
거세게 몰아붙여도

봄은
흔들리지 않는구나

그저
이리저리

박자 맞춰가며
바람 따라 움직이며
3월을 받아들일 뿐

희망의 행진곡

내일
그 어떤 것들이
기다리고 있다 한들

오늘은
웃고 있는 지금만을
생각하는 거야

내일 일들을
오늘 근심한들

뭐 얼마나 달라지겠어
누가 대신 해결해 주겠어

오늘을 그냥 받아들이고
내일은 내일 받아들이면 될 것을

인생아
너무 어렵게 살지 말고
쉬엄쉬엄 가자꾸나

그냥
희망을 꿈꾸는
오늘을 살자꾸나

노파심

조바심이 자꾸 든다
나이를 먹는 건가

확인하고
또 확인한다

그래
노파심이라고 해두자

깊은
정

어떤 인연을 만나
이렇게 깊이 정이 들기까지
얼마나 많은 세월을 함께했던가

다시 새로운
그 누군가를 만나서
깊은 정이 들려면

또 이렇게
긴 시간을 보내야 하겠지

다시 시작하는 것보다
지금까지 지나온 시간을
정말 소중히 여기며

서운한 것은 잠시일 테니까
서로를 돌아보면서
이 순간도 감사히 여기자

식어간다는 것

한때는
뜨겁게 찾아왔던 것도

세월에 힘없이
식어가기 마련이고

시작과 이별은
정해진 공식처럼
언제나 함께 출발하는 것인데

뒤늦게 깨달은
아둔한 인간

식어간다는 건
스며들듯 잊혀지는 것임을

들꽃 연가

산중에 피어오른
이름 모를 들꽃이여

지는 해에
찬 공기 가득 안고

아침이 찾아오기까지
그 어둠을 온몸으로 견디며

삼라만상
추운 그림자 벗을 삼아

충만한 외로움을
고운 빛깔로 승화시킨

작은 몸짓
그대 들꽃이여!

햇살 좋아
따뜻한 날도 있었겠지만

서러움을
온몸으로 받아냈던
비 오는 날도 있었을 테지

시리도록
짙은 외로움은
향기를 더하고

거친 바람에도
작은 몸짓 지켜내며
흩날리는 그대 이름

아름다운
작은 들꽃이어라

인생아

인생아
많이 가졌다고
교만을 말고

적게 가졌다고
서러워 말아라

그저 주어진 대로
살면 되는 것인데

아픔이 오롯이
네 것인 마냥
울지 말아라

사연 많은 인생이라
말하지 말아라

아프고 쓰린 게
어찌 너 하나뿐이라더냐

이 세상 태어날 때
시작은 누구나
울고 시작했을진데

어찌 세상 모든 환희가
네 것이 될 수 있겠니

가슴 시린 날도 있었으니
가슴 따뜻해지는 날도 있을 터이지

희망을 품고 살자꾸나
행복을 품고 살자꾸나

너도 충분히
행복해야 할 사람이니까

그대 떠나보내고

그대 떠나보내고
이별이라 부릅니다

상처 난 살갗에
소금이 닿은 듯
쓰리고 아리는데

그리워서 부르는
그대 이름 석 자도

혼자만의
독백이 되었습니다

그리움에
몸부림쳐 보지만

그조차도
내 몫이 된 지금

밉기도 하고
그립기도 한 사람아

그대와의 추억에
목메어 울지만

안부조차
물어볼 수 없는 우리는

서로가 서로를
너무 잘 알고 있는
타인이 되어버렸네요

참아 진정 못 볼래라

추운 겨울 지나고
소리 없이 봄은 왔는데

북망산천 떠나는
그대 걸음걸음

분홍빛
살포시 머금은 진달래도

흐드러진 개나리도
이렇게 곱게도 피었는데

그대
혼자서 떠나는 그 먼 길

외로워서 어찌 가려나
서러워서 어찌 가려나

아 눈물 가려

참아 진정 못 볼래라
참아 진정 못 볼래라

가을비

타닥타닥
낙엽 적시며 내려앉는 비

조용한 듯하더니
거칠게도 내려앉는다

앞이 안 보일 만큼
토해내거라

이루지 못한
청춘의 사랑처럼

목 터지게
목 놓아
울어보거라

견딜 수 없이
파고드는
아픈 사랑처럼

하늘과
땅과 만물이

함께 울며
젖어드는
서러움의 못

사랑아
세상아

청춘의 거센 비 맞으며
뼈마디 깊은 곳까지 울어보아라

불꽃

놓으려 하면
내 심장 깊은 곳까지
거세게 덤벼들어서
또다시 사무치는 그리움

시리다
아리다
미치도록 그립다

너를 향한
불꽃 같은 내 마음이

넋두리

혼자 가만히
부르는 넋두리

인생을 돌아보니
사무친 게 많이도 있는 게지

이 세상에 태어나
한 번은 남의 자식 되고

한 번은
남의 부모가 되고 보니

인생의
맛을 알 것 같고

그때 그 어린 시절에는
빨리 나이를 먹고 싶었는데

자식을 낳고
어른이 되고 보니

해결해야 할 일들과
버거운 것들도
너무 많더라

어른이 된다는 게
좋은 것이 아니란 걸
살아가며 알게 되었다

좋을 때는
잊고 살다가

아리고 쓰리고
난관에 부딪힐 때마다

하나하나
어찌 해결하고
살아가고 있는 건지

스스로에게
질문하면서
마음을 다스리고

내리사랑이라고
사랑은 자녀에게 주고

눈물은
부모 생각하며
몰래 훔치게 되고

숨죽이며
주변을 살피게 되더라

인생이란 게
그런가 보다

최선을 다하지만
아쉬움이 있고
부족함이 있더라

아마 세월이 좀 더 흘러
황혼에 물드는 나이가 되면

아쉬움과 후회를 반복하면서
회상하게 되겠지

그러니까
인생에 있어서
최선을 다하면서

쉬엄쉬엄
쉬어 가야겠지

그럼에도
후회가 남을 것이지만

한번 왔다가는
초로인생이니

각박하게 살지 말고
정 나누며 살아가련다

이별 2

그렇게 다가와
우린 이렇게 이별을 하고

사랑할 때는
평생 함께할 줄 알았더니

더 이상 그대는
나의 일상에 머물 수 없는
남이 되고 말았네요

전생에 삼천 번을 만나야
길 가다 한 번 스칠 수 있다던데

우리 긴 시간의 인연은
전생에 몇 번을 스친 것일까요

놓을 줄 알아야
시작도 있는데

그게 저에게는
너무 어렵습니다

이
별
3

그리움이
사무쳐 올 때는
시간도 약이 아니더라

외로운 건 그렇다고 치고
그리운 건 어떡할 건데

눈물
연가

가슴 깊이 박힌
돌 하나 빼고 나니

미치도록
파고드는 허전함이여

채워지지 않는
그 틈이 너무 커서
눈물을 보탠다

얼마나
많은 시련을 견디고

얼마만큼
바람 불다 비 오다를 반복해야

그 틈에서
새로운 싹이 피어오를지

둘이 부르다 멈춰버린
서러움의 눈물 연가여

정녕 채울 수 없는
틈으로 머물러야 하는가

만면춘풍(滿面春風)

이루고 싶은 것보다
체념해야 할 것이
더 많았던 나날들

웃는 것조차
자신감을 잃어

세월의 흐름 따라
받아들이며 살겠노라 다짐하면서
이 악물고 견딘 시간

살아보니
쓰디쓴 마음 찾아와
우는 날 있고

사소하지만
소중한 행복에 겨워
웃는 날도 있더라

어떤 삶이라고 다를 수 있으랴

견디다 보니
힘듦이 찾아와도
이겨낼 지혜가 생기고

부족했지만
희망을 품고 살았기에

견딤 속에서
웃을 수 있는 여유도 찾게 되었다

지금 내가
웃을 수 있는 건
힘든 날들의 보상인 것을

그 누구도 모르는
나만이 알고 있는

눈물 젖은
행복한 추억인 것을

용기 내자

삶이 버겁고 힘들다고
습관처럼 말해도

너에게
버거운 그 삶은

누군가에게는
부러움일 수도 있어

익숙한 일들이
때로는 무료하고
지치기도 하겠지만

그 익숙한 일들이
모두가 이루어낼 수 없는

멋진 너의 일상이란 걸
잊지 마

눈 뜨면
매일 하는 그 일이
그 일상과 시간들이

소박함 가운데
종종 찾아드는 기쁨이 될 테니

우리 용기 내자

낙엽

푸르름 뽐내며
그토록 뜨겁다가

이는 찬바람에
싸늘함만을 가득 남겨둔 채

우리는
각자의 길을 택해야 했다

나는 그곳에
말없이 서 있어야 했지만

그대는
곪아 터진 마음을

제대로
표현하지도 못한 채
차디찬 바닥에 떨어지고 말았네

눈물에 얼룩진 수채화

붉은빛
노란빛으로 승화되어

마음속 깊이
파고들어 놓고

엇갈리면 또 어째서
떠나갈 준비를
서둘러 하는가

남아있는
이별

떠나는 사람보다
남아있는 사람이
더 아픈 법일까

추억은
너와 나의 것인데

우리가
함께한 일상은
가슴에 묻어둔 채

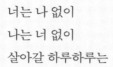

너는 나 없이
나는 너 없이
살아갈 하루하루는

울며 견뎌야 하는
서러워도 참아야 하는
각자의 것이 돼버렸다

겨
울
비

그대 그리는
아우성처럼

추위를 부르는 비
자박자박 내린다

그러지 않아도
허허벌판에

보이지 않는
냉정한 추위가

내 코끝
내 손끝
내 심장까지

깊이
파고들 터인데

기어이
찬바람 몰고 와

그리움 가득 찬
눈물비로

내 가슴을 적셔야
속이 후련하겠는가

예쁜 길

외로움과 고독은
언제나 내 것으로 여기며

눈시울
뜨거웠던 세월들

살다 보면
어느 옹색한 곳에 살더라도

따뜻한 햇볕이
들 거라고 여기며
이 악물고 견딘 세월은

나를 견디게 하는
충분한 거름이 되고

숨통을 조이며
찾아온 서러움까지도
행복으로 여기면서

소리 없이 찾아온
거친 비바람도
마다하지 않고

성치 않은
온 마음으로 받아내며

보이지 않는 내 삶을
보이지 않는 내 길을

스스로
지켜낼 수 있지 않았더냐

선택할 수 없었던
나의 인생아

부귀도
빈천도
내 몫이니

한탄 말고
살아가자꾸나

행복한 순간순간이
어디 별거이더냐

지금 바로
이 순간
이 삶이

지키고 갈 행복이니
예쁘게 걸어가자

슬픈 비상

새벽 서리
찬 바람
짝 잃은 저 기러기

홀로 비상하는
서러운 마음

얼어붙은 날개를
쉼 없이 퍼덕이며 떠나고

보내는 긴 여정에
슬픈 눈물 흘리누나

멈추지 않는 건 없더라

거센 바람 불어도
언젠가는 멈추고

억척스러운 비 내려도
언젠가는 멈추더라

영혼이 맑아지는
기쁜 일들도
언젠가는 멈추고

인생을 걸었던
뜨거운 사랑도
언젠가는 멈춘다

기쁜 것도
슬픈 것도
힘든 것도
멈추지 않는 건 없더라

그렇게
걸러지고 걸러지다 보면

단단해지고
또 단단해져서

어느새
행복이 찾아와

너의 곁에
소리 없이 머물게 될 거야

너도 이제는
행복해졌으면 좋겠어

꼭 행복해져야 해

성찰

마음 깊은 곳에서
만난 나

나는 충분히 멋있어

내가 하는 일보다
남이 하는 일이

때로는
더 멋져 보이고
더 대단해 보일 때가 있을 테지

그러나
그 안을 들여다보면

미소 뒤에
성장하는 아픔도 있고
견뎌내는 참음도 있고
희열 뒤에 오는 슬픔도 있어

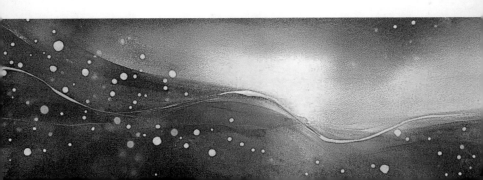

누구나
어렵게 견디고 있는 거야

지금 네가 하고 있는
하찮은 그 일에

지금보다 노력을
조금만 더 보탠다면

오히려
네가 하는 그 일이

누구보다 더 빛난다는 걸
너는 왜 모르고 있니

스스로에게 말해봐
"나는 충분히 멋있어"

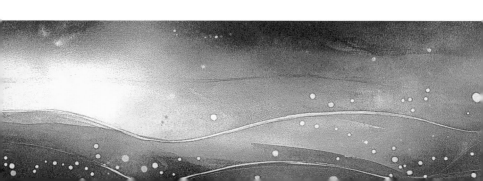

여행

길을
떠나야 한다면

과거도
미래도
잠시 접어두고

무거웠던
삶의 무게는
하나씩 비워내고

삶의 행복은
하나씩 채워서 오리라

엉클어지고
비뚤어진 숨소리마저

행복이라고
배우고 오리라

지금 이 순간이
최고의 날이라고

가슴 깊이
배우고 오리라

응원하누나

지나간 시간이
미치도록 아쉬워
후회로 물들어도

버티다 보면
하루가 살아지고

삶의 무게가
내 어깨를 짓눌러

정말이지
모든 걸 포기하고 싶은
힘든 순간이 찾아와도

버티다 보면
또 하루가 살아지고

비바람
찬 바람
눈바람
모두 맞선 뒤

그 고난 뒤에 찾아드는
달콤한 행복함이

또다시
나를 견디게 하고

토닥토닥
인생을 달래며

살아지는 것이
살아가는 이유라

핑계 삼으며

이렇게 스스로를
또 응원하누나

그래
오늘을 살자
오늘을 살면 되는 거야

감사한
일상

많이 가지든
적게 가지든
오늘을 살아야 해

많든
적든
모두 의미 없는 거야

할 수 있을 때
무언가를 해야 해

우리가 살아가는 이 일상
고맙고 감사한 거야

아무것도 아닌 듯한
이 일상이

그 누군가에게는
부러운 희망일 수도 있으니까

그러니까
지쳤다고 말하지 말고
우리 환하게 웃자

행복한 성장통

그때는
너도 나도
서투르고 미흡했었지

너는 너의 자리에서
나는 나의 자리에서

각자의 일에
최선을 다하면서

삶에 부딪힐 때마다
또 다른 인생을 접할 때마다

의논하고
공론하고
때로는 서로를 응원하면서

우린 함께
성장해 왔었지

지금껏 그래왔듯이
서로를 격려하면서

행복한 성장통을
기꺼이 받아들이자

행복한 일터

산뜻하면서도 깨끗한
새벽 공기 마시며
집을 나선다

어제의 피곤함을
새벽 공기에 맡겨본다

아침이 오기 전 하늘이라
아직도 별이 빛나고 있구나

이유가 있어서
빛나는 것은 아닐 테고

그냥 빛나는 것이
자신의 일인지라
최선을 다하고 있는 거겠지

누구라도 그러하듯
자신의 일인지라
묵묵히 해결하고 있겠지

누군가의 행복을 위해
또 나의 보람을 위해
최선을 다하는 오늘

그저
미소 짓는 감사한 선물임을

명인정

이목구비 또렷한 그녀가
아침을 맞으며
화장기 전혀 없는 얼굴로
바쁜 걸음 걷는다

오늘도
명인정 찾을
손님들 생각하면서

익숙한 손놀림으로
넉넉한 마음 담고

무뚝뚝한 뚝배기에
구수한 청국장

인정 많은
주인장 마음처럼
한가득 끓어오른다

한 끼 식사로
행복감 찾을 손님들을 위해

깊은 맛
그대로 우려낸 청국장에는

그 옛날 엄마가 끓여준
그 맛이 난다

음식에 취하고
인정에 취하고
배부름에 취하는
이목구비 또렷한 그녀가 있는 곳

바로
명인정이로구나

정 많은 당신

가슴 한편에
말 못 할 사연 넣어 두고서

깊이 박힌 시린 눈물을
어디에다 말할 수 있으리

남들 앞에서
철없는 듯 웃고 있어도
씩씩함으로 견디는 당신

나 아닌 주변인들의
희망을 도우려
최선을 다하며

정의를 좋아하고
불의를 싫어하며

차 한 잔이라도
밥 한 끼라도

따뜻한 마음으로
함께 나눌 줄 아는
정 많은 사람

그 사람이
너라서 참 좋다

배웅

함께했던 시간들을
뒤로한 채

각자의 자리로
돌아가야 할 시간

며칠의 행복함은
추억을 듬뿍 머금고

다음에 함께 나누어야 할
행복감을 위해

서운함 꾹 누른 채
예쁘게 배웅하며

곁에 두고픈
너를 보낸다

산다는 것

새로운 마음으로 살아보려고
고향을 등지고 떠나온 시간들

나는 왜 남들처럼
다르게 살지 못했나
후회를 하면서

미치도록
그리운 순간들도
가슴에 꼭 묻어두고
살아온 세월

살다 보니
특별한 것도
다를 것도 없는 게
인생인 것을

대단한 행복에
목말라했던
내가 어리석었다

살아가는
지금 이 순간이

지금 내 곁에 있는
이 모든 사람들이

특별하고
대단하고
멋진 내 인생인 것을

이제야
바보같이 알게 되었다

나로 산다는 것
우리로 산다는 것

그 사소함이
행복이란 것을
이제야 알게 되었다

입장
차이

지금 내가
변하고 있다고 느낀다면

너도
변하고 있기 때문일 거야

한 번쯤은
너도 나도 스스로
돌아보는 것이 어떨까

혹여
너와 내가 변했더라도
그건 누구의 탓도 아니라

익숙함에 너도 나도
무뎌진 건 아닐까 싶어

웃고 우는 이 모든 것이
내 마음을 몰라주는
너에게서 비롯됐다고 생각했는데

돌이켜보면
너 때문도 아닌
나 때문도 아닌

그냥
너와 나의
입장 차이였더라

행복한 나

긴 세월 동안
외로움은 내 몫이라서
시리도록 눈물겨웠다

언제나 나는
크게 한번 웃을 수 있을까

스스로가
작게 느껴져
저절로 어깨가 움츠러들더라

세상 경험 부족한 나에게
그 누군가 조금만 빨리
손을 내밀어 주었다면

그때의 나는
더 빨리 웃지 않았을까

세월이 지나고 보니
저절로 알게 되었다

그때는 내가
너무 어리석었다는 것을

웃을 수 있는 것도
내 안에 있었고

사랑하는 힘도
내 안에 있었다는 것을

그때는
왜 모르고 살았던가

나는 행복한 사람이란 걸

그대

새까만 눈동자
멋스러운 큰 키

눈빛은 강한 듯해도
마음은 여린 그대입니다

한때는
거친 파도에 몸 실어
거세게도 달려온 인생이어서

새로운 인생을 대할 때마다
자신감 없는 수줍음이 생겨나서
의기소침해지는 그대였지요

그러나 그대
곧은 심지 하나 품고
새로운 인생길을 걸으며

비움을 깨닫고
참음을 느끼며
긍정을 받아들이며
행복한 미소도 배웠지요

바람 없는 인생은 없습니다
주저하지 마세요

어느 시인의 글귀처럼
이제 행복은 그대의 것입니다

귀한 인생을 노래하며
타인의 마음에 기쁨을 주는
멋진 그대

당신 이 향 수

당신과 나

움켜쥔 것들을
모두 내려놓은 날에

모두들 날 등지고
외면할 때

벼랑 끝에
서 있는 나에게

손을 내밀어 준 사람
바로 당신

아프고
힘들었던 날들이었지만

당신이
함께해 주었기에
견딜 수 있었던 시간이었어

이별의 순간들도
종종 있었지만

나에게
용기와 힘이 되어준 당신이

내 가슴
깊이 차지하고 있어서
사랑으로 승화할 수 있었어

지금 이 순간
그런 당신을 얻어

내 곁에
평생 함께할 수 있어서
얼마나 기쁘고 감사한지

나를 웃게 하고
행복감을 준 당신을
아끼고 사랑할게

평생 함께하자
사랑한다

또 다른 시작

먼발치에서
아는 듯
모르는 듯

기나긴 세월
서로를 알고 지냈어도

마음과 다르게
가까워질 수 없었던 시간들

서로의 깊이를 몰랐기에
마음을 나누기에는 역부족이었다

그런 어색함을
뒤로하고

그대가 먼저
살포시 내밀어 준 손을

수줍음 머금고
나도 조용히 움켜잡았다

그래
이제 시작인 거야

당신 그리고 나

뜻하지 않은
방황 속에서

운명처럼 만났던
당신 그리고 나

서로의 마음을
알아챈 듯

우리는
빠르게 가까워졌고

지난날의 아픔들이
몸서리치게 싫어서

다시는
사랑하지 않겠노라
다짐하고 다짐했는데

봄날 퍼지는
따뜻한 햇살처럼

자상한 당신이
내 마음에 찾아들어 와

사랑의 싹이
어렵게 다시금 피어올라

당신이
내게 머무니
어찌 아니 행복할까
돌고 돌지 않고
조금만 더 일찍 만났더라면

우리의 삶은
또 어땠을까!

세상 수많은 사람 중에
내게 특별한 당신이

이제라도
내 곁에 함께하니

눈물겹고
이렇게 행복하여라

숨 멎는 날까지
소소한 이 행복을

당신과
함께 지켜가리라

하늘이 주신 인연법

너는 좋겠다
부모 잘 두어서

남들보다 적게 노력해도
생길 것은 더 많으니
얼마나 행복한 일이더냐

부모덕 없는 사람은
마음고생 더 하고

남들보다 더 부지런해야
살아갈 수 있기에

때때로
부러움에 사무치기도 하더라

그렇다고
원망하거나 울 수는 없지 않니

삶을
살아가면서

힘들거나
지치거나
쓰러질 거 같을 때

부모덕
적은 인생살이여서

때론 한숨 쉬고
때론 견디고
때론 달래가며

세상을 향해
머리 숙일 줄 아는 법도 스스로 배워

아프고 쓰렸지만
그 속에서 감사함을 배우고

사소하지만
그 또한 부모에게 물려받은
값진 유산이란 걸 깨닫게 되었다

살아도 부모덕이고
죽어도 부모덕인데
왜 이제야 깨우치게 되었나

주어진 대로
살면 될 것을

그때는 왜 알지 못했나

이 세상 통틀어
하나뿐인 인연법에

오늘도
시리도록 눈물겹다

서운함

놔버리면
별것도 아닌 것을
애써 부여잡고서

아파하고
눈물짓고
정들었던 순간순간들
그리고 보내버린 추억

아쉬움에 몸부림치는
서운함이 범벅이 되어

놓아버리지도
움켜쥐지도 못하는
설명할 수 없는 고뇌들이
마음에 비를 뿌린다

바라는 게 없으면
서운할 것도 없을 것을

그대란 존재는
무엇이기에

아직도 내게
서운함으로 머물러 있는가

함께 살아가자

아빠의 마음

철없이
어른이 되어
모든 것에 서툴렀지

수많은
시행착오를 겪으며

어른으로
성장하는 그때에

언제나
내가 옳은 줄만 알았었네

그로 인해
서로가 서로에게

쓰라린
상처를 남기고

뜨거운
눈물을 남겼지

사는 게 온통
어려움으로 둘러싸여 있을 때

아픈 거 하나하나
눈물 한 방울까지

다독여 줘야 할
어른이어야 했는데

그때의 나는
어찌 그렇게 부족했었는지

아린 마음
헤아리지 못한

내 탓이다
내 탓이야

그래그래
실수하면 좀 어때
아직 늦지 않았어

어여
내 손을 잡으렴

우리 함께 살아가자
우리 함께 행복하자

설 렘

바람은 소리가 있어도
사랑은 소리가 없으매

기약 없이 찾아와
가슴골에 내려앉으면

달콤한 솜사탕처럼
깊이 녹아 스며들고

혀끝에 느껴지는
그 행복감은

일출의
뜨거운 몸부림처럼
심장 깊이 자리 잡힌

당신은
내게 그런 사람이어라

가족

끊임없이 주어도
아까울 것이 없는 내 사랑들아

삶의 언저리에서
우연히 한 인연을 만나

지치고 힘들 때마다
언제 어디서든

어깨를 내어주는
내 반쪽 당신

찬 서리
모진 바람 부는 날들이 있어도

기쁨으로
견딜 수 있는 힘을 주고

우리의 반쪽

공주님과 왕자님도
행운처럼 찾아와

웃음과
용기와 행복으로
삶의 참맛을 보태주고

함께 삶을 채워가고
함께 추억을 만들어가는

나를 살게 하는
사랑들이 된 지금

이 세상
그 어떤 것과도 바꿀 수 없는
가족이 되어줘서

너무 너무 감사해
정말 정말 사랑해

독백

가끔은
일탈에서 벗어나

본연의 나로
남고 싶은 날이 있다

습관처럼
남의 말을 들어주는 게
익숙해져서

그 어느 때부터인가
내 가슴속의 말들은
깊은 그림자가 되었다

독백 2

아픔을
고스란히 받아들일 때

그 고통에서
온전히 벗어날 수 있더라

옹색한 돌 틈

옹색한 돌 틈이
거친 바람 막아주니

햇볕 품고
싹을 피운다

넓은 대로라도
거센 바람 불어대면

싹이 돋아난들
견딜 수 있으랴

인생이라고
다를 게 뭐 있으랴

옹색한
인생이라고

가슴 쥐어짜며
울어도 봤을 테고

서글픈
인생이라고

얼마나
한탄하며
자책해 봤겠는가

그러나
뜨거운 마음만
접지 않았다면

옹색한
돌 틈이라도
예쁜 꽃 움트지 않겠니

그래
우리 흔들려도
달리는 거야

왜
하나뿐인
내 인생이니까

두 번 다시
오지 않을 내 인생이니까

사람으로 아플 필요 없어

사람으로
아플 필요 없어

오롯이
내 사람이
얼마나 있으려고

마음을 주고받았으면
그것으로 족하면 되는 것인데

욕심을 더해 놓고
바라는 것이 생기다 보니

서운함이 생겨나고
질시도 생겨나고

그저
그러려니 하고

이해를 보태고
서운함을 내려놓으면

사람으로 아픈
찐한 상처는 없을 텐데 말이야

알면서도
그게 잘 안되는 것은

욕심일까
미련일까

당신도 누군가의 아픔이다

사람 때문에
힘들다고 하지 말아라

그 누군가도
당신 때문에
힘들어하는 사람이 있을 테니

타인이 아픈 것은
스치듯 지나가지만

내가 아픈 것은
뼛골마다 스며들 터이지

당신이
사람으로 힘들 때

나는 누군가를
아프게 하지 않았으려나

깊이 있는 생각과
반성을 해보려무나

사람 때문에
아프다고 하지 말아라

당신도
누군가의 아픔일 수도 있을 테니

치유

새벽이 지나면
따스한 햇살이

행복한 선택

너무 좋아서
행복한 선택을 했다면서

무엇과 마주했길래
쓰리고 아팠던 거니

분명
옳은 선택을 했다고
믿었겠지만

세상 살아 보아라

지나고 보면
아쉬움과 후회로
몸서리쳐질 때가 있단다

선택이란
때론 그런 것이란다

그렇다고
모든 걸 후회하지는 말아라

선택을 한 것이
너인만큼

그 선택을
옳음으로 만들어 가는 노력도
멋진 도전이란다

아픈 인생이라
한탄하지 말아라

후회를 해 봐야
눈물도 훔쳐봐야

또 다른 선택을 할 때는
예쁜 덧칠도 할 수 있는 거란다

힘내라

너의 선택을
응원한다

눈
　바
　　람

바람결에
흩날리는 눈바람이여

어느 곳
어느 자리

남몰래 숨겨둔
그리움 찾고 있는가

소리 내어
나부끼는 칼바람 따라

안아볼 수 없는
시리도록 아린
그댈 향한 그리움은

어디서부터 시작한
그대와 나의 방황이려나

눈바람에
가슴을 쓸어내려도

시리도록
보고 싶은 그대여

정말이지 보고 싶다

반려견

너의 일상이
나로 인해 정해지는 게
애석한 일이지

언제나 나에게
절대적인 사랑으로
순종하여 지켜주니

세상사랑
다 받는 나는
이렇게 행복하구나

나로 인해
너의 하루를
망치는 일이 없도록 노력할게

매 순간
행복감을 선사하는

너의 일편단심을
기꺼이 받아들일게

우리 함께
산책하러 가지 않으련

능소화 2

하늘을 능가하는 꽃이여

그리움 타고 들어
여러 방향으로 길게도 뻗어
희망찬 열정을 품었지만

자존심 지켜내는 자태는
떠난 임 그리워하는
아련한 기다림이어라

마음 깊이 꼭 눌러놓은
곱디고운 너는

흐트러짐 전혀 없는
고귀한 양반의 꽃이었더라

일각이 여삼추

순정을 다해
마음을 다해
사랑하였노라

열정을 다했으니
지칠 만도 하노라

서운함이 끓어오르면
눈물은 배가 되는데

잘한 것은 없고
잘못한 것만 남았는가

생각하니 목이 멘다
너와 나의 추억에

아
일각이 여삼추로구나

거 친 비

온 대지를 뒤덮은
한낮 어둠 속에서

억지로 참고 있던
서러움을 토해내고

내일은
오늘보다
달라질 거라 믿으며

억수 같은
거친 빗속에
무지개를 꿈꾼다

나 대신
슬퍼해 줘서 고마워

나 대신
울어줘서 고마워

봄날은 온다

많이 힘들었지?

독한 겨울이 길어도
따뜻한 봄을 못 이긴다고

누구나
한 번쯤은

인생의
봄날은 오는 거니까

어금니
꼭 깨물고

조금만
견뎌보지 않으련

석양

해질녘 석양에
너마저 잊힐까

애타게 불러보는
너의 이름 석 자

그리움
가득 품은 채
또 하루가 기울고

서로가
갈 길이 달라졌을 뿐

너는
내 가슴속에

기울지 않는
석양이 되어

추억을 그리는
청춘으로 머물러 있구나

광양 112 자전거 봉사대

오늘 하루
각자의 자리에서
최선을 다하고

준비물처럼
고운 마음 하나
챙겨 들고서

마음과
사랑을 나누고

아픔을 보듬어 주려
하나가 된 마음으로 모였다

빗방울 모여
큰 강물이 되고
큰 바닷물이 되듯

똘똘 뭉친
우리의 마음이

세상의 어두운
구석구석 등불이 되고

나눔을 채워가고
사랑을 알게 하고
희망을 안겨주며

어둠 속에서
새벽을 손꼽아 기다리는
간절함처럼

이 세상
모든 이에게
희망이 되고 싶은
날개 없는 천사들

우리는
광양 112 자전거 봉사대

인생사

젊은 청춘아
젊었다고 자랑 말고

늙은 백발아
주름진다고 서러워 말아라

이 세상 그 누구도
늙지 않을 사람은 없고

한평생
청춘도 없더란다

누구인들
청춘 없었던 사람이 있으랴

한번은 어렸다가
한번은 청춘이었다가
한번은 백발이 되니

인생사
남들 겪고 사는 것

나도 겪고 사는 게
지당한 것이 아니라더냐

그러니
서러워 말고
쉬엄쉬엄 가자꾸나

믹스커피

아버지는 말씀하셨다

"인생이 이렇게
달콤했으면 좋겠다"

건강에 해로울까
손 저으며 말렸던 내가

미치도록
미워지는 이 밤에

괜스레
아버지 생각에
눈물이 맺힌다

그 먼 곳을
떠나실 줄 알았다면

따뜻한 믹스커피
함께 음미해 볼 것을

달빛마저 서러운
이 가을에, 밤에

달콤한
믹스커피 한 잔
앞에 두고

잊히지 않는
추억을 부른다
그리움을 부른다

살다 보면

친구

살다 보면
부모에게 못하는 말
친구에게 하고

살다 보면
피를 나눈 동기간에 못하는 말
친구에게 하고

살다 보면
부부에게 못하는 말
친구에게 하고

살다 보면
자식에게 못하는 말
친구에게 하지

나이가 들면
사는 게 서로 바빠

동기간도
만나기 어려워서
마음뿐이고

자식 이야기 아니면
부부지간도 할 말이 줄어들며

나이가 들수록
함께 익어가는
친구가 최고라더니

어찌
그 말이 딱인 걸까

친구야
서로 위로하고
서로 아껴주며
서로의 쉼터로 함께하자

네가 있어
참 고맙다

신발

기쁠 때나
슬플 때나

내가 가는 곳
어디든 함께하는
너인데

즈려 밟히고
다 닳아빠져도

아프다는
말 한마디 없이

견디고
견뎌내며
동행해 주고

험한 인생길
걷고 걸어서

다리 아프다고
내 서러움에
서럽게 울었건만

너는 어찌
서러움까지 숨죽이며

내 발밑에
머물고 있는가

살아오는 동안
언제나 함께했는데

내가 무엇이기에
그조차 망각하고
당연시 여겼을까

엄청난 것을
주지는 않아도

묵묵히
내 곁에 머무는 것
그리고 함께하는 것을

신발 너처럼

초심 2

모든 일이
잘 풀려가고 있을 때
초심을 잃지 마

그리고 긴장해

잠시 잠깐
느슨해지면

모든 것이
허망해질지도 몰라

162

행복과 불행은
빛과 그림자처럼
공존하고 있거든

그러니까 잊지 마
그 초심을

사랑은

사랑은
추억으로
남겨두는 거야

그리움으로
남겨두는 거야

이루지 못하면
상처만 남는 거고
아쉬움만 남는 거야

그 또한
너의 몫이야

그러니까
이제 그만 울어

신호등

달려가고 싶어도
멈추어야 하고

멈추고 싶은데
다가오라 하고

너에게로 가는
내 마음이
이렇게도 바쁜데

속도를 줄이며
멈추어야 하기에

너에게 있어서도
선을 지켜야 하는 나는

빨간 열정도 아닌
파란 차가움도 아닌

그저
잠시 잠깐
깜빡이다 사라지는
황색 신호등 같아라

어른이니까

매일 웃는다고
눈물이 없는 건 아니야

속눈썹
촉촉해지도록
울고 싶을 때 많아

나라고
어찌 매일
웃을 수만 있겠니

어른이니까
어른이 되었으니까

인생이
가끔 야속해도
견뎌보는 거지

힘들어도
다 살아가니까

지금까지
잘 버텨왔으니까

쓰디쓴 것도
내 인생이니까

쓴 것도
오래 씹다 보면
단맛이 난다고

이 고비만 지나면
나도 예쁘게 빛날 거야

그러니까
걱정 마

다 잘될 거야

연꽃

진흙탕 물속에서
뿌리내리고 살면서

흙 하나도
물 하나도
묻히지 않고

어쩜 그렇게도
곱게 피어올랐니

진흙탕에 살아도
푸념 한마디 없이

상황이
환경이
무색할 만큼

곱디곱게
피어올랐구나

어둡고
저린 날도 많았을 텐데

잘 견디고
청렴하게 피어올라

숨 막히도록
고운 자태 품어내는

그대 이름
연꽃이어라

낮술

괜찮다고
미소 지으며

못 이기는 척하고
받아 놓은 술잔

생각을
비워야 하는데

술잔만
자꾸 비우게 되네

즐겨야 하는데
인생을 생각하게 되고

훅
달아오르는 열기에
황홀함으로 웃다가

결국은
인생이 쓰다고

내 서러움에
발동걸려

눈가에
이슬 맺히니

아
낮술

너마저
나를 울리면 어떡하니

하이힐

뒤꿈치
높게 올리고서

또각또각
소리 내는
예쁜 걸음아

지쳐있는
자존감을

하늘 높이
끌어올리며

그대 기다리는
행복을 꿈꾼다

당근
김밥

새벽부터 만날
인연들을 위해

네모난
김 한 장 위에

하얀 쌀밥
펴 바르고

부끄러운
새색시 볼처럼

곱디고운
당근 올리고

가을 서리 물든
노란 은행잎 닮은
달걀지단 품고

세상 긍정
모두 담아

둥글둥글 말아 놓은
당근 김밥

참기름 덧바른
고소함

그 황홀함에 흠뻑 젖어
옛 추억을 부른다

친구야
당근 김밥 싸서
우리 소풍 가자

살맛 나는 세상

후회하는 일들이 있더라도
되돌릴 수 없는 일은 잊어야 해

살아가면서
가슴 답답한 일이 생기더라도
주저하지 말아야 하고

시리도록
아픈 일을 마주했더라도

때로는
웃음으로 연화하고

쓰디쓴 인생도
따뜻한 인생도
배우게 되는 거야

주체할 수 없이
힘들어서

그로 인해
가슴 치며
통곡할 일이 생겼더라도
굳건히 이겨내야 해

살아있음에
눈물마저 아름다울 수 있으니까

아직 살만한 세상이야
아직 따뜻한 세상이야

그러니까
힘내

춘삼월에

별것 아닌 말에
상처가 배가 되던 날

문득문득
서러움이 새롭다

무엇이
복받쳐
서러움으로 다가왔는가

1월도 지나고
2월도 지나고
3월이 되었는데

내 마음은
언제쯤 춘삼월이 되려나

살아가는 것 자체로
충분히 아름답다

이번 시집을 출간하게 된 계기는 무엇인가요?

첫 시집을 냈을 때 반응이 좋았어요. 공감된다는 칭찬을 많이 받았어요. 쉬운 단어를 썼기 때문이라고 생각해요. 사람들이 시 속에 노래가 있는 것 같은 느낌이래요. 그러면서 다음에도 그런 책을 써주면 좋겠다고 하더라고요. 저는 힘들어하는 주변 분들께 가끔 선물로 시를 써드리곤 하는데요. 그걸 액자로 만들어 드렸더니 너무 좋아하셨어요. 제 마음이 담긴 그런 글을 모아서 시로 다듬은 게 이번 시집이에요.

다정하고 따뜻한 작품을 보면서 작가님이 어떤 분인지 궁금했어요. 짧게 스스로를 소개해주신다면요?

저는 그냥 평범한 사람이에요. 직장 생활을 오래 하다가 지금은 아이들을 돌보면서 주부로 살고 있어요. 큰 병을 앓은 건 아니지만 몸이 많이 안 좋은 시기도 있었고요. 예전에 아버지가 사업 실패를 여러 번 겪으셨는데, 그때 마음 한편이 너무 허전해서 그 감정들을 글로 표현하곤 했죠. 그러다 작가의 길까지 걷게 됐네요.

작가님은 인생의 힘든 순간들을 어떻게 지나오셨나요?

평범했지만 쉽지만은 않은 삶이었어요. 어릴 때부터 건강이 좋지 않았거든요. 아버지의 사업 실패로 가정 형편도 어려웠고요. 20

년 넘게 치매를 앓았던 아버지도 직접 돌봤어요. 시어머니도 함께 모셨고요. 큰오빠도 오래전부터 지금까지 병원에 있어요. 가족들을 위해 봉사하는 게 제 삶이었어요.

살면서 힘든 순간이 많았지만, 저는 그걸 누구에게 털어놓질 못했어요. 혼자 감당하려 했죠. 글을 통해 스스로를 위로하고 감정을 추스렸어요. 그래서 제 글에는 자연스럽게 그런 삶의 무게가 담긴 것 같아요.

작가님께 '잘 사는 삶'은 어떤 의미인가요?

가족이 서로를 진심으로 아끼고 함께 웃을 수 있으면 잘 사는 삶이 아닐까요? 많이 웃으려고 노력하다 보면 좋은 일들이 따라오는 것 같아요. 기쁨 자체보다도 긍정적인 태도가 더 중요하다고 생각해요. 어떤 상황이든 '사정이 있지 않았을까?' 하고 한 번 더 이해하려 해요. 돈을 많이 벌고 좋은 환경에 있어도, 생각이 부정적이면 결국 행복해지기가 어려운 것 같아요. 그래서 저는 힘든 일이 있어도 그 감정에 너무 몰두하지 않으려고 해요.

작가님의 하루 일상이 궁금합니다.

강아지 세 마리와 함께 산책을 하고, 어머니를 모시고 집으로 가는 것이 제 하루의 시작이에요. 하루 일정이 있어도 어머니께 꼭 얼굴을 비추고 인사하고 나서야 움직여요. 저녁이면 함께 밥을 차려 먹고, 장을 보거나 김장 같은 집안일도 같이 해요. 어머니는 언제나 저를 기다리고 계세요. 그래서 어디를 가도 '추운데 나가 계시진 않을까', '나를 또 기다리고 계시겠지' 하는 생각이 머릿속을 떠나질 않아요. 그런 모습이 부담스럽게 느껴질 때도 있지만, 나를 기다려주는 사람이 있다는 사실에 감사해요. 그렇게 생각하면 이 시간이 더 소중하게 느껴져요.

작가님은 언제 시를 쓰시나요?

저에게 시는 '생활 그 자체'예요. 기쁨, 슬픔, 행복, 아픔 모든 감정이 다 들어 있죠. 가장 평범한 일상의 순간들이 시가 돼요. 시는 작정하고 쓰려 하면 잘 안 되더라고요. 감정이 자연스럽게 올라올 때 그 순간을 놓치지 않고 메모장에 간단히 적어둬요. 나중에 그 메모를 다시 꺼내서 살을 붙이며 다듬어요.

처음 시를 썼던 순간이 기억나시나요?

또렷하게 기억나는 순간이 있어요. 추운 겨울이었는데요. 미닫이 문의 얇은 유리창에 '후−' 하고 입김을 불었어요. 그때 순간적으로 생긴 습기의 흔적이 인상적이었어요. 그 순간을 글로 표현했죠. '유리창에 후하고 불었더니 세상에 안개가 끼었다.' 아주 짧은 문

장이었죠. 그런데 국어 선생님께서 그걸 보시고 칭찬해주시는 거예요. "너는 시적 감각이 뛰어나다"라면서요. 심지어 그 글을 학교 복도에 걸어두겠다고 하셨죠. 그 순간을 잊을 수 없어요. 저에게 큰 영향을 줬죠. 물론 그 전에도 글을 쓰긴 했어요. 하지만 그때 받은 칭찬이 저를 깊은 시의 세계로 이끌었다고 생각해요.

'살아가는 것 자체로 충분히 아름답다.' 혹시 이와 관련된 삶의 이야기를 나눠주실 수 있나요?

우리는 살아가면서 수많은 어려움을 겪잖아요. 저도 모든 걸 다 내려놓고 포기하고 싶은 시기를 지나오면서 한 가지를 깨달았어요. 행복은 거창한 것이 아니라 아주 작은 순간 속에 있다는 걸요. 예를 들어 저는 아침에 눈을 떴을 때 강아지가 꼬리를 흔드는 모습을 보면 그렇게 행복해지거든요. 그런 순간을 있는 그대로 받아들이면 행복할 수 있어요. 부가적인 것들을 생각할수록 행복은 멀어져요.

말씀드렸다시피 저는 가족을 돌보면서 정말 많은 일을 견뎌야 했어요. 병원에 입원시키고, 장례를 치르고, 경제적인 문제까지 전부 제 몫이었죠. 솔직히 너무 힘들어서 죽고 싶다는 생각이 들 때도 있었어요. 그때마다 엄마를 보면서 버텼어요. '나도 힘들지만, 엄마는 얼마나 더 힘들까?' 현실적인 문제는 여전히 존재하지만, 내 감정을 어떻게 다루느냐가 무척 중요하다는 걸 배웠죠. 너무 힘들 때는 차를 몰고 섬진강을 따라 달렸어요. 좋아하는 음악을 들으면서 벚꽃이 피어 있는 길을 달리면 마음이 좀 비워지더라고요.

지금은 큰일이 닥쳐도 그렇게 힘들다고 느껴지지 않아요. 아마도 너무 많은 걸 겪다 보니 자연스럽게 단단해진 거겠죠. 어떤 일이든 지나고 나면 그때는 힘든 줄도 몰랐는데, 그냥 해야 하니까 했구나 싶어요. 삶에 거창한 의미를 부여하려 하면 오히려 더 힘들어지는 것 같아요. 있는 그대로의 인생을 받아들이면 작은 순간들도 충분히 소중하다고 느껴져요. 그래서 저는 살아가는 것 자체가 충분히 아름답다고 믿어요.

마지막으로 독자들에게 전하고 싶은 한마디 부탁드려요.

혹시 지금 길을 잃은 것처럼 느껴지는 분이 있다면, 꼭 기억해 주세요. 분명히 살아가야 할 이유가 있습니다. 지금 내 모습이 너무 작고 초라하게 느껴질 수도 있어요. 하지만 그 순간을 견디고 또 견디다 보면, 언젠가 그 경험이 나의 강점이 돼요. 사람들은 때때로 내 단점을 지적하지만, 시간이 지나면 그 단점을 장점으로 봐주는 사람도 생기더라고요. 그러니 너무 조급해하지 마세요. 조금만 더 버티고 스스로를 믿어보셨으면 좋겠어요. 살아가야 할 이유, 분명히 있어요.

작가 홈페이지

먼저 지나온 내가 너에게 꼭 해주고픈 말

삶의 순간들에서 전하는 다정한 위로의 말들

초판 1쇄 2025년 3월 14일
초판 2쇄 2025년 4월 30일

지은이 김민서
펴낸이 마형민
기획 강채영
편집 곽하늘 강채영 김예은
디자인 김안석 조도윤
펴낸곳 주식회사 페스트북
홈페이지 festbook.co.kr
편집부 경기도 안양시 동안구 관악대로 488
씨앗트 스튜디오 경기도 안양시 동안구 안양판교로 20

© 김민서 2025

ISBN 979-11-6929-723-3 03810
값 17,000원